MW00476300

Connections

Daniil Kharms

Translator Roger Lebovitz
Artist Delia Bell Robinson

Fomite
Burlington, VT

Translation copyright © 2021 by Roger Lebovitz
Artwork copyright © 2021 by Delia Bell Robinson

Fomite
58 Peru Street
Burlington, VT 05401

Connections
Связь

1.

Философ!
Я пишу Вам в ответ на Ваше письмо, которое Вы собираетесь написать мне в ответе на письмо, которое я Вам написал.

Philosopher!
I am writing to you in answer to your letter, which you are intending to write to me in answer to the letter which i wrote to you.

2.

Один скрипач купил себе магнит и понес его домой.

A violinist bought himself a magnet and carried it home.

По дороге на скрипача напали
хулиганы и сбили с него шапку.

Hooligans attacked the violinist,
knocking the hat off his head.

Ветер подхватил шапку и понес ее по улице.

The wind grabbed the hat and carried it down the road.

3.

Скрипач положил магнит на землю и побежал за шапкой.

The violinist set the magnet down on the ground

Шапка попала в лужу азотной
кислоты и там истлела.

and ran after the hat. The hat fell into a
puddle of nitric acid and dissolved.

4.

А хулиганы тем временем схватили магнит и скрылись.

Meanwhile the hooligans grabbed the magnet and disappeared.

5.

Скрипач вернулся домой без пальто и шапки, потому что шапка истлела в азотной кислоте, и скрипач, расстроенный потерей своей шапки, забыл пальто в трамвае.

The violinist returned home without his hat and coat, because the hat dissolved in a puddle of nitric acid, and the violinist, upset over the loss of his hat, forgot the coat on the tram.

6.

Кондуктор того трамвая отнес пальто
на барахолку

The tram conductor brought the coat to
the flea market

и там обменял на сметатану, крупу и помидоры.

and exchanged it for sour cream, groats and some tomatoes.

7.

Тесть кондуктора объелся
помидорами

The conductor's father in law stuffed
himself with the tomatoes

и умер.

and died.

Труп тестя кондуктора положили
в покойницкую, но потом его
перепутали

They laid his corpse out at the morgue,
but then mixed it up

и вместо тестя кондуктора
похоронили какую-то старушку.

and in place of the conductor's father in
law they buried an old woman.

8.

На могиле старушки поставили белый столб с надписью: Антон Сергеевич Кондратьев.

On the old woman's grave they put up a white post with the inscription: Anton Sergeevich Kondratyev.

9.

Через одиннадцать лет этот столб
источили черви, и он упал.

After eleven years the post was eaten by
worms and fell down.

А кладбищенский сторож распилил
этот столб на четыре части

The cemetery watchman sawed the post
into four parts

и сжег его в своей плите. А жена
кладбищенского сторожа на этом огне
сварила суп из цветной капусты.

and burned it in his stove. The wife of the
cemetery watchman boiled cauliflower
soup on the stove.

10.

Но когда суп был уже готов, со стены упала муха прямо в кастрюлю с этим супом. Суп отдали нищему Тимофею.

But when the soup was ready a fly on the wall fell right into the saucepan with the soup. They gave the soup to Timothy the beggar.

11.

Нищий Тимофей поел супа и рассказал нищему Николаю про доброту кладбищенского сторожа.

Timothy the beggar ate the soup and told Nikolai the beggar about the kindness of the cemetery watchman.

12.

На другой день нищий Николай пришел к кладбищенскому сторожу и стал просить милостыню.

The next day Nikolai the beggar went to the cemetery watchman and asked for alms.

Но кладбищенский сторож ничего не дал Николаю и прогнал прочь.

But the cemetery watchman gave Nikolai nothing and chased him away.

13.

Нищий Николай очень обозлился и поджег дом кладбищенского сторожа.

Nikolai the beggar became very angry and burned down the cemetery watchman's house.

14.

Огонь перекинулся с дома на церковь,
и церковь сгорела.

The fire leapt from the house to the
church and the church burned down.

15.

Повелось длительное следствие,
но причину пожара установить не
удалось.

A long investigation ensued, but the
cause of the fire could not be determined.

16.

На том месте, где была церковь,
построили клуб

On the spot where the church had stood
they built a club,

и в день открытия клуба устроили
концерт,

and on the club's opening day a concert
was arranged.

на котором выступал скрипач,
который четырнадцать лет назад
потерял свое пальто.

At the concert the violinist who lost his
coat fourteen years before performed.

17.

А среди слушателей сидел сын одного из тех хулиганов, которые четырнадцать лет тому назад сбили шапку с этого скрипача.

Among the listeners at the concert sat the son of one of the hooligans who fourteen years before knocked the hat off the violinist's head.

18.

После концерта они поехали домой в одном трамвае.

After the concert they both went home on the same tram.

Но в трамвае, который ехал за ними, вагоновожатым был тот самый кондуктор, который когда-то продал пальто скрипача на барахолке.

The driver of the tram behind them was the same conductor who once sold the violinist's coat at the flea market.

19.

И вот они едут поздно вечером по городу: впереди — скрипач и сын хулигана, а за ними вагоновожатый, бывший кондуктор.

And so there they are, riding around the city late into the evening: the violinist and the hooligan's son, and following them the tram driver, the former conductor.

20.

Они едут и не знают, какая между ними связь, и не узнают до самой смерти.

And they ride around not knowing the connection between them, nor will they know until they die.

Конец

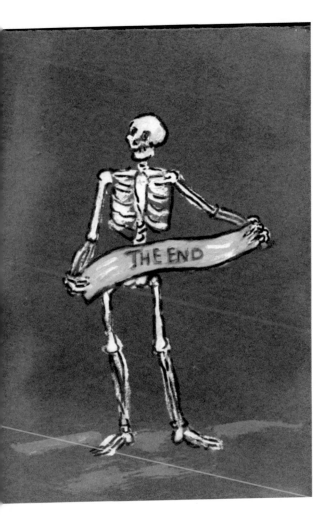

About the Author
Daniil Kharms was an author of poems, plays, prose and children's stories who lived in the Soviet Union during the first half of the twentieth century. Although little published during his lifetime, he has since been recognized as one of the world's most important absurdist writers. Kharms was a founder of the avant-garde collective OBERIU (the Union of Real Art) in the 1920s and 1930s.

He died of starvation at a Leningrad psychiatric institution in 1942.

About the Translator
Roger Lebovitz is the author of *A Guide to the Western Slope and the Outlying Areas* and *Twenty Two Instructions for Near Survival*. He lives with his family in Burlington, Vermont, where he keeps a variety of literary projects on the front and back burners.

About the Artist
Delia Bell Robinson lives in Montpelier, Vermont, where she paints, writes, sings songs, and continues a family tradition creating figural clay whistles.

Made in the USA
Middletown, DE
08 December 2021

54735790R00042